LE BASI MORALI DELL'ANARCHIA

IN DIFESA DI SANTE CASERIO

Pietro Gori

Texte et illustration de couverture : © domaine public
Edition : Culturea (Hérault, 34)
Contact : infos@culturea.fr
Retrouvez notre catalogue sur http://culturea.fr
Imprimé en Allemagne par Books on Demand
Design typographique : Derek Murphy
Layout : Reedsy (https://reedsy.com/)

Dépôt légal : janvier 2023
Tous droits réservés pour tous pays

ISBN : 9791041845651

LE BASI MORALI DELL'ANARCHIA

I.

Due istinti fondamentali sono nell'uomo: l'istinto di conservazione – l'istinto di procreazione.

Il primo ha la sua sede nei bisogni fisiologici, che mirano alla preservazione dell'individuo: alimentazione, respirazione, moto, ecc. – il secondo nei bisogni sessuali, che tendono, a traverso gli stimoli dell'incosciente, alla conservazione della specie.

All'azione benefica del primo si deve, se l'individuo vive, si sviluppa, e progredisce nella parabola della sua particolare esistenza; dai risultati organici del secondo deriva al genere umano la conservazione e la espansione nella sua vita collettiva.

Su questi due istinti si incardinano due bisogni primordiali ed imprescindibili, a pena di morte per l'individuo e per la specie: il bisogno di alimentarsi, ed il bisogno di procreare. La insoddisfazione del primo istinto vuol dire cessazione di vita per la monade individuale; la rinunzia o l'impedimento assoluto al secondo, significherebbe scomparsa della specie come comunità vivente.

Sono queste due sanzioni fondamentali delle leggi biologiche che legano indissolubilmente la esistenza dell'individuo a quella dell'intiera specie – giacchè è per l'una che l'uomo vive, per l'altra che l'umanità rinasce e si perpetua.

Su queste basi naturali si adagia una morale positiva, che fondata su gli stessi bisogni dell'individuo, dà all'uomo cosciente la nozione esatta della sua posizione nei rapporti col consorzio dei suoi simili, e forma già nelle menti precorritrici, in questo ultimo stadio di barbarie decorata, la concezione di nuove e più sane norme di condotta e di vita.

*

* *

Da questa premessa derivano i due primitivi diritti umani; il diritto di vivere e il diritto di amare.

Ma sinchè il diritto rimane come astrazione giuridica non ha nessun significato concreto e reale. Ogni individuo, per il solo fatto della sua nascita, ha il diritto alla vita, da esercitare – prima di ogni altro; e chiunque si oppone in un modo o nell'altro all'esercizio pratico di questo naturale diritto, viola nel proprio simile, le ragioni ed i fondamenti dell'esistenza propria.

Giacchè la vita sociale non può essere solidalmente fondata che su questo reciproco riconoscimento, che ognuno ha diritto di attingere il necessario dei bisogni propri nel serbatoio delle ricchezze, che la natura madre e la operosità collettiva delle generazioni precedenti crearono a vantaggio della umana famiglia.

Nessuna dichiarazione di diritti umani può aver quindi valore per l'individuo, se non nella espressa sanzione sociale, che riconosca in ogni uomo la facoltà di disporre di quanto esiste per le utilità di lui, in ragione dei bisogni suoi, col solo limite delle possibilità collettive.

La soluzione del problema, nei rapporti tra l'individuo e l'aggregato di individui che si chiama società, deve contemporaneamente avvenire, e nel campo economico ed in quello politico.

Essendo la base morale e giuridica dell'economia individualista, oggi dominante un principio diametralmente opposto a quello che impera nelle leggi biologiche degli aggregati animali superiori, come la specie umana – la rivoluzione che or si presenta fatale nella storia, non può essere che un risorgimento profondo di codeste fondamenta morali della società moderna, che dopo un secolo di sfrenata concorrenza dell'individuo nella lotta vitale, ha ormai esaurito tutta la parabola ascendente e discendente delle sue forze, per dar vita a forme nuove di convivenza, nelle quali l'uomo invece di conquistare il benessere lottando contro i proprii simili, miri ad assicurarsi la felicità col concorso di loro, e nella stabile garanzia del benessere a tutti rivendicato.

*

* *

Se si osservano le fasi di sviluppo della società umana, dalle epoche primitive ai nostri giorni, è giuocoforza convenire che la evoluzione procede dalle forme più brutali di lotta alle tendenze più alte e miti di solidarietà.

L'istinto di conservazione si manifestava, primitivamente, nella forma più bestiale di guerra tra l'individuo e gli altri suoi simili.

Si può dire, senza tema di esagerare, che il primo stimolo all'omicidio, ch'è la genesi e il protoplasma della guerra, presso i cannibali antropomorfi, venisse dall'appetito di poter divorare il proprio simile, vinto ed ucciso.

L'uomo era allora veramente lupo all'uomo – perchè nel proprio somigliante, come in qualsiasi altro animale, non vedeva altra utilità, che quella di una sostanza alimentare di cui poteva cibarsi.

L'altro istinto fondamentale della procreazione si manifestava allora in un modo altrettanto bestiale.

Come per la conquista degli alimenti, così per la conquista della femmina, la lotta, nelle sue forme più feroci, dominava tra gli uomini, che si trovavano ancora sulle soglie del mondo animalesco, ed affermavano tutti i loro appetiti nella forma più violenta.

Gli stimoli sessuali, come quelli dello stomaco agivano con prepotenza – e l'individuo per soddisfarli trovavasi in continuo ed aperto contrasto con tutti gli altri. Non scambio di servigi, allora, non comunanza di lavori e di interessi, non mutua dipendenza di rapporti economici e morali facevano per anche parlare i sentimenti di benevolenza e di simpatia per gli altri individui, in quello stato iniziale di disgregazione selvaggia. Fu solo dopo le prime esperienze che l'istinto di conservazione, nella lotta con gli altri, fece comprendere all'individuo isolato la necessità di associare le proprie forze a quelle di altri per difendere sè ed i suoi dalle aggressioni esterne, o per vincere più facilmente, con forze associate, contro forze associate, le prime rudi lotte per la esistenza sociale.

Così fu, che per un bisogno di offesa e di difesa, onde conservare la vita o conquistare i mezzi atti a mantenerla, per la prima volta vagì in fondo alle rozze anime primitive il sentimento di solidarietà.

D'allora in poi ogni progresso, ogni tappa decisiva nel cammino della civiltà fu contrassegnata da uno sviluppo, sempre maggiore, di cotesto sentimento, che allaccia le forze e gli spiriti umani nella lotta, su terreno sempre più vasto – dalla tribù alla città, dalla città alla regione, dalla regione alla nazione: e da questa, in un domani irrevocabile, all'umanità intera.

*

* *

Similmente, nel seno stesso di ogni aggregato di individui: tribù, città, regione, nazione – il duplice istinto di conservazione dell'individuo e della specie andò determinando tendenze e bisogni ognor più sviluppati e capaci di considerare i propri simili come un complemento necessario ed integrante della esistenza individuale, e di non immaginare l'io concreto, se non come un atomo inseparabile dalla vita e dall'anima della intera società.

Fu per sentimento di constatata utilità da prima, di ragionata simpatia di poi, che l'individuo cessò di mangiare il suo nemico vinto – quando si accorse che avrebbe potuto ricavarne un profitto maggiore facendolo lavorare per lui.

Fu in questo secondo stadio della lotta intersociale, che nacque la schiavitù che era una forma addolcita di antropofagia. L'uomo non mangiava più l'uomo: solo se ne serviva come di una bestia, utile con il suo lavoro a mantenere il vincitore nell'ozio.

La seconda fase di antropofagia economica, mitigata ancora, fu la servitù della gleba, nell'epoca di mezzo; quando i vincitori riconobbero che era più utile rinunziare alla padronanza diretta sui vinti, potendoli spogliare lo stesso dei loro prodotti, in virtù d'un privilegio di nascita o di gerarchia, senza l'obbligo di mantenerli, come è necessario fare con dei capi di bestiame.

Con la rivoluzione politica, che abolì i privilegi feudali, lasciando solo il denaro dominatore del mondo – la classe vittoriosa nella lotta, giacchè si era accaparrata tutte le risorse della vita dal capitale alle ricchezze naturali, trovò che bastava la semplice dipendenza economica dei lavoratori, per farne degli strumenti docili e delle macchine di produzione così feconde di ricchezza per la classe parassitaria, come produttrici di miseria per sè medesime.

Malgrado le nostre giuste ed acerbe critiche alla presente organizzazione sociale – la marcia è stata gigantesca dell'antropofagia primitiva alle attuali forme di sfruttamento economico e di dominazione politica.

I vinti di oggi, nella guerra economica non possono dar la battaglia campale agli ultimi dominatori, se non in nome di una morale, opposta a quella delle epoche primitive e di quella attuale e più conforme agli istinti di conservazione dell'individuo e della specie modernamente e scientificamente intesi. Agli ultimi ruderi della antropofagia, nel campo economico e politico il proletariato combattente non può logicamente contrapporre che il principio della solidarietà.

Dalla rivoluzione del 1789 in poi il principio individualista, dal campo economico a quello morale, ebbe il suo più vasto trionfo in tutte le manifestazioni dell'attività umana.

E mentre, per lo sviluppo della grande industria, per l'allargarsi sempre maggiore dei mezzi di comunicazione, per l'intrecciarsi vieppiù complicato delle relazioni materiali ed intellettuali tra individui ed individui, andavano di volta in volta aumentando i rapporti di mutua dipendenza tra loro , e conseguentemente i legami di affettività e di interesse comune – da un lato l'economia politica, dall'altro la filosofia metafisica della libertà in urto con le scoperte delle scienze naturali, avevano portato l'ente individuale all'esagerazione della sua personalità – come se questa fosse separata di diritto e di fatto da quella dei simili cooperanti nel comune ambiente di lotta, e come se l'individuo non rappresentasse, in ultima analisi, l'atomo vivente nella e per l'associazione con gli altri atomi umani, formanti l'organismo sociale.

La dichiarazione dei diritti dell'uomo, che aveva proclamato in astratto il diritto dell'individuo alla vita, alla scienza, alla libertà, si dimenticò di collocare la garanzia di coteste rivendicazioni civili sulle granitiche fondamenta di una solidarietà di interessi, da cui scaturisse, per la forza stessa delle cose, la sicurezza positiva che le ragioni di ciascuno trovassero la difesa loro naturale nell'appoggio di tutti gli altri consociati.

Ma se la trasformazione della proprietà da feudale a industrialecapitalista, non passava dal dominio privato a quello pubblico, come piattaforma di un nuovo ordinamento economico a base di uguaglianza di fatto – bensì, restando patrimonio individuale le ricchezze naturali o quelle prodotte dall'altrui lavoro – non fu grandemente spostata la serie dei rapporti tra società e individuo: che anzi, con la sfrenata concorrenza nel campo industriale e commerciale e con la egocrazia trionfante, la lotta fra l'uomo e l'uomo e l'antagonismo più aspro tra le classi, anzichè avere una tregua, ebbero una esasperazione acutissima; e forse mai nella storia si ebbe l'esempio di così sterminate ricchezze a lato di miserie così spaventose, come quelle che ora formano il contrasto più aperto con la pacificazione teorica dei diritti civili e politici.

II.

Il concetto della libertà, nella sfera delle attività sociali più complicate e più raffinate, è andato sempre più rapidamente trasformandosi. Come non esiste nel mondo morale il libero arbitrio, se non come illusione ereditaria dei nostri sensi, così in senso assoluto, non esiste autonomia completa dell'individuo nella società. L'istinto di socievolezza, sviluppatosi man mano nell'uomo con l'incalzare della civiltà, è divenuto bisogno fondamentale della specie, nel suo ulteriore sviluppo, e riconosce ormai nel principio di associazione la leva più salda e pronta che per gli sforzi di ciascuno e di tutti possa sospingere l'umanità sul cammino ascendente dei suoi destini migliori.

Donde la concezione tutta moderna e sociologica della libertà, che se trova nella mutua dipendenza dei rapporti tra individuo e individuo, una piccola limitazione alla indipendenza assoluta di ciascuno di essi, nel tempo medesimo trova nella rafforzata e vieppiù complessa solidarietà sociale, la sua difesa e la sua guarentigia – per modo che invece d'essere sminuita, essa sentesi accresciuta.

Se l'uomo selvaggio, nello stato antisociale pare a prima vista più libero, è incomparabilmente più schiavo delle forze brute dell'ambiente che lo circonda, di quello che non sia l'uomo associato, che nell'appoggio del proprio simile trova la salvaguardia dei suoi diritti.

Ma l'associazione, nel senso di aggruppamento organico delle varie molecole sociali, non esiste ancora. Poichè nell'attuale società non c'è fusione spontanea di elementi omogenei, ma amalgama incomposta di principii e di interessi contraddittorii.

Al principio della egocrazia, nel campo economico e politico (giacchè lo sfruttamento e il dominio di classe non ne sono che la conseguenza, per solidarietà istintiva delle due forze dominatrici: il danaro e il potere) sta subentrando, nella elaborazione lenta e sotterranea della nuova forma e della nuova anima sociale, il principio del mutuo appoggio, più conforme allo sviluppo della evoluzione progredita, che rimase apparentemente interrotta da questa parentesi, fosca e splendida ad un tempo, che fu il diciannovesimo secolo.

Splendida perchè la stessa sfrenata concorrenza tra gli individui e le classi, che rappresentò – sul terreno economico – un vero e proprio ritorno al selvaggio individualismo primitivo, creò i miracoli della meccanica, dell'industria, della ingegneria moderna. Fosca, perchè le opere gigantesche di questa lotta, a colpi di miliardi contro la natura resistente, costò milioni di vite umane, di nobili esistenze oscure, spente dopo stenti inenarrabili, coi muscoli spremuti d'ogni forza, e d'ogni vitalità sotto la strettoia del salariato. Cosicchè può dirsi , che il colossale edificio della civiltà borghese, il quale avrà pure un posto cospicuo nella storia del progresso materiale e scientifico dell'umanità, è stato costruito con cotesto cemento di vite operaie, e la grande anima collettiva delle classi laboriose palpita nell'organismo infinito di tutta la moderna produzione, come se la forza animatrice di quelle vite spente sul lavoro, o per il lavoro, fosse trasfusa nelle cose dal lavoro create.

Da questa condizione nuova di operosità e di sforzi associati, per i mutati mezzi di produzione, in cui dominano sovrane la grande macchina e la grande officina sorge trionfale il principiò giuridico nuovo di un diritto sociale sul prodotto dovuto al lavoro collettivo.

Non sono più le lamentele sentimentali dei santi padri della chiesa contro la iniquità, che calpestando i più divide gli uni dagli altri, i figli di dio, come diceva Giovanni Crisostomo. E neppure sono le dichiarazioni naturiane dei preraffaeliti del socialismo semplicista reclamanti per ciascuna la sua parte di terra, di pane e di sale – a tutti in comune elargito dalla natura madre. Non sono le invettive ascetiche dei vecchi comunisti, innanzi alle paure del millennio; non le dichiarazioni filosofiche ed astratte degli enciclopedisti sui diritti dell'uomo, dinanzi alla rossa alba dell'89. È qualche cosa di più, e di meglio: la maturità di certi fatti, e la compiuta evoluzione di certe forme.

Mai come adesso, per le necessità della divisione del lavoro nella grande industria e nell'opificio meccanico, l'operaio si trovò sì strettamente legato all'operaio, i mestieri ai mestieri, le arti alle arti, mercè la mutua dipendenza e lo studio combinato degli sforzi da cui si sviluppa una resultante assai maggiore della semplice somma delle forze singole. L'associazione di cotesti sforzi per accrescere la produzione, è andata, man mano, creando, oltre che i legami materiali, che ormai allacciano indissolubilmente i lavoratori tra loro anche quei legami morali, da prima inavvertiti, e poi, di volta in volta più saldi, perchè più coscienti.

E poichè le idee e i sentimenti non sono che la immagine riflessa dei fatti del mondo esterno e delle sensazioni ricevute al contatto con essi, questa coscienza del proletariato – che sorge dalla quotidiana esperienza e dalla diuturna constatazione, essere esso soltanto il produttore d'ogni ricchezza, e le sorti di ciascun operaio risultare strettamente legate alle sorti di tutti gli altri suoi compagni – non fa che fondere ognor più le forze e le anime operaie ad un fine ben chiaro e determinato: liberare il lavoro del parassitismo padronale, affrancandolo da questa ultima forma di schiavitù economica che prende il nome di salariato.

E poichè la rivoluzione ormai completa apportata dalla meccanica in tutte le arti ed in tutti i mestieri col socializzare nella fatica le braccia operaie, lavoranti prima isolate, ha già elaborato lo scheletro di un mondo nuovo, nel quale la socializzazione della fatica senza il godimento del prodotto, per parte di chi si affaticò, sia completato dalla socializzazione dei godimenti del prodotto medesimo, dichiarato di diritto e di fatto patrimonio comune alla intera società, una corrispondente rivoluzione delle coscienze e delle forze proletarie compirà il lento lavorìo di cotesta trasformazione dei rapporti economici e morali tra gli uomini, integrando la struttura sociale tipica, che rappresenti l'oasi di riposo ove l'umanità dopo i millennii di travaglio e di dolore, possa riprender lena dal faticoso cammino – ed ove i due istinti fondamentali dell'uomo: conservazione dell'individuo, e conservazione della specie – trovino alfine il modo di conciliarsi dopo il lungo dissidio; dove l'uomo, per conquistare il suo benessere non debba passare – come i prepotenti dell'oggi e dell'ieri – sul corpo dei propri simili; giacchè questa non sarebbe la libertà – bensì il perpetuamento della tirannide, sotto altra forma. Alla violenza dei governi subentrerebbe la violenza dell'individuo – espressioni brutali, l'una e l'altra, della autorità dell'uomo sull'uomo. La libertà di ciascuno non è possibile che nella libertà di tutti – come la salute di ogni cellula non può essere che nella salute dell'intero organismo. E la società non è un organismo? Una sola parte d'esso ammalata, tutto il corpo sociale ne risente e ne soffre.

Solo un selvaggio della Papuasia, che ricorda innanzi ai trionfi della scienza l'animalità primitiva dell'uomo, può negare coscientemente cotesta verità.

*

* *

Si è detto, e ripetuto a sazietà, dai denigratori in buona e in mala fede delle dottrine anarchiche, che l'anarchia non può aver morale.

Ed anche parecchi seguaci del nome, non già dell'essenza eticosociale che la parola anarchia contiene, ribadirono lo stolto pregiudizio.

Certo che la morale della libertà non ha nulla di comune con quella della tirannide, sotto qualunque nome questa si ammanti.

Per quanto si dica il contrario, la morale ufficiale dell'individualismo borghese è ancora un po' quella dei Papui, ricordata dal Ferrero. – Che cosa è il male, e che cosa è il bene ? chiedeva un viaggiatore europeo ad uno di cotesti selvaggi. Ed il selvaggio rispondeva con convinzione: «il bene è quando io rubo la moglie di un altro – il male è quando un altro ruba la moglie mia.»

La stessa cosa non è per la morale ortodossa ed ipocrita, che oggi impera, buona o cattiva, intrinsecamente ed oggettivamente, per il bene od il male che essa reca ad uno o più individui od a tutta la società – ma viene considerata virtuosa o malvagia a seconda dell'utilità o del danno che ne risente l'individuo o la classe, che soggettivamente la giudica.

Cosicchè, per cotesta morale caotica, la medesima azione può essere giudicata dagli uni eroismo, dagli altri follìa, da quelli gloria, da questi infamia. Un massacro di popolo, una strage di vecchi, di donne, di bambini inermi, trucidati freddamente in nome di un principio astratto ed il più delle volte bugiardo, l'ordine pubblico, possono procacciare galloni ed onorificenze a colui, che ha comandato ai fucilatori, od agli sciabolatori. La storia è piena dei nomi di codesti capi briganti illustri, disposti a passare con grande disinvoltura – come i capitani del medio evo – dall'una all'altra dominazione, purchè si trovino mantenuti nell'ozio lussuoso ed improduttivo. Solo i calpestati, gli oppressi, i superstiti dei trucidati, maledicono, in cuor loro gli impennacchiati assassini. Ma quando un esasperato dalla lotta spaventevole per la vita, in una società imprevidente, che a ben pochi assicura – e non certo ai più laboriosi ed ai più meritevoli – un comodo posto al banchetto dell'esistenza, quando uno sconfitto da queste crudeli battaglie di tutti i giorni, per il pane, si rivolta e colpisce – nel delirio di un odio che non perdona – un potente, cui egli creda felice, anche se nella sua potenza si dibatte il dolore (questo pallido compagno dell'uomo) allora il giudizio sarà, per l'atto di costui, ben diversamente spietato. Quelli cui l'atto nuoce o minaccia saranno i più inesorabili verso di lui quanto più avranno tuffate le mani nel sangue del loro simile. E non solo contro di lui si griderà crucifige; ma contro tutti coloro che professano le idee, che esso dice di professare – non importa poi se egli li abbia mai conosciuti, o se costoro abbiano o no mai approvato la loro azione. Essi saranno perseguitati, imprigionati, torturati in massa – compiendo contro tutto un partito, o meglio contro una corrente vastissima e irresistibile di principî e di idee una vera e propria vendetta trasversale per il fatto di un solo – e risuscitando le forme più crudeli e scellerate di inquisizione al pensiero.

E giacchè si insinua dagli uni, e si afferma dagli altri, che la morale anarchica proclama la violenza dell'uomo contro l'uomo – attendano gli avversari di mala fede, o di crassa ignoranza, e gli anarchici non coscienti, ch'io provi matematicamente, che la morale anarchica è la negazione completa della violenza.

III.

C'è un altro pregiudizio diffusissimo da distruggere, pregiudizio che inganna i denigratori e persino alcuni seguaci dell'idea anarchica. Perchè qualche ribelle, che si dichiarò anarchico, lanciò una bomba, o colpì di pugnale, o di rivoltella – non certo in nome di teorie astratte, ma travolto dall'ira fermentata nelle miserie lunghe, nelle persecuzioni poliziesche, nelle provocazioni di ogni maniera – si arrivò a concludere, che la dottrina anarchica non era che una scuola di complotti e di violenze una specie di cospirazione permanente, intenta a fabbricar bombe, e ad affilar pugnali. Così la dipinsero gli agenti delle polizie politiche – e certi gazzettieri caricarono le tinte, per aiutare la reazione a soffocarne la propaganda.

Dato anche che gli anarchici, per esasperazione e per temperamento, fossero tutti violenti – e non è vero – non sarebbe dimostrato affatto, che l'anarchia ha una morale di violenza.

Ma per ognuno di cotesti perseguitati, che esplode il lungo dolore compresso nell'attentato clamoroso, ve ne sono delle migliaia e migliaia, che da anni ed anni sopportano con eroica serenità asprezze senza nome, miserie senza tregua, amarezze senza conforto.

Ne ho conosciuti, nei miei esilî ormai periodici a traverso il mondo, una moltitudine, e di tutti i paesi, e di tutti i temperamenti – e la maggior parte di cotesti innamorati della libertà mi si è rivelata, quasi sempre, sotto il comune rapporto, di una morale superiore: uno slancio istintivo di altruismo e di bontà sotto la ruvidità popolana, un sentimento di gentilezza semplice e leale.

Che se nelle file dell'anarchismo vi fossero pure tutti i detriti delle cloache sociali (e non è vero) sarebbe il caso di ricordare con Renan e con lo Strauss, che la maggior parte di coloro, che seguivano Cristo nelle sue predicazioni, era composta di uomini e donne, già colpiti dalla legge, come delinquenti comuni: il che non impedì, che da cotesta gente, in cui s'infiltravano i principî di una morale superiore a quella allora dominante, uscisse la forza rivoluzionaria che rovesciò il mondo pagano. Perchè il sentimento rivoluzionano, come diceva Victor Hugo, è un sentimento morale.

E dopo (poichè i paladini di tutte le violenze, purchè sieno governative, e portino il bollo dello Stato, insistono sulla essenza violenta della dottrina anarchica) si compiacciano un po' di fare un bilancio delle prepotenze, delle soppraffazioni, delle crudeltà, dei delitti, freddamente meditati e voluti dai governi – e mettano pure sull'altra bilancia gli atti di violenza individuale commessi da anarchici o da ribelli dichiarantisi tali, e si vedrà quale è la scuola permanentemente organizzata per impiegare la violenza dell'uomo contro l'uomo, sino alla spogliazione, sino alla rapina, sino all'omicidio. Ma questo, secondo i difensori della violenza legale, non è il male. Questo non è il delitto, secondo la morale della civiltà Papua, giacchè ad essi non nuoce.

Perché, come rispondeva il selvaggio: «Il bene è quando io rubo la moglie di un altro, il male è quando un altro ruba la moglie mia.»

La violenza dunque non essendo sino ad oggi che una delle manifestazioni della lotta per la vita – e non certo gli anarchici inventarono questa legge crudele della storia – essa diventò lo strumento della oppressione, e per quell'istinto di imitazione e quel contagio dell'esempio, che dominano le azioni umane, divenne pur l'arma della rivolta dell'oppresso.

Con la frode e con la forza i vincitori, in questa spasmodica lotta millenaria, tennero il piede sui vinti ed i vinti, per diritto di rappresaglia, adoperarono di tanto in tanto, individualmente o collettivamente, la forza contro i dominatori.

Non è forse piena la letteratura classica, di cui sono imbevute le classi colte, di cotesta apologia aperta della violenza, quando questa serva di strumento a ciò che si crede il bene?

Gli omicidi politici, glorificati perfino nei libri per educare i fanciulli, ebbero apologisti feroci sin nella bibbia, ed il fatto di Giuditta, che con la frode e la violenza, giunse a trucidare Oleferne – combattente contro Betulia in guerra aperta – ha fatto lacrimare di commozione più di una monaca e di una educanda isterica.

Il mito di Roma si apre con un fratricidio e per qual causa commesso!... Eppure questo Romolo, che per una burla innocente, uccide il fratello Remo, è, nella preistoria della eterna città, il divo Quirino – il venerato nei secoli. Eppure le avventure di questo pazzo morale – realtà o leggenda che sieno – si insegnano come l'a b c della educazione del cuore, nelle scuole pubbliche d'Italia, e di molti altri paesi.

Il classicismo di Roma e di Grecia rigurgita di queste reminiscenze feroci – e Bruto, che per la cinica ragion di stato, ordina ed assiste tragicamente allo strazio dei figli giovinetti, è la espressione più classica ed atroce della violenza governativa.

Più ancora; tutta la tradizione e la educazione militare, che furono e sono purtroppo ancora, l'anima e la corazza delle organizzazioni politiche passate e presenti – che rappresentano, se non la scuola della prepotenza manesca e dell'omicidio collettivo?

Eppure un macello di creature umane, commesso in guerra – o magari in una repressione di moti popolari – si giudica dai più fatto glorioso, se rafforza (sia pure con torrenti di sangue e con cemento di dolori e di vite umane) quello schiacciante fortilizio, che è lo Stato.

Lo Stato, poi, nelle uniformi sue rappresentanze, si arroga il diritto di patentare quelle violenze, e di glorificare quei violenti, che incarnano il principio che a lui dà vita. Cosicchè in Italia, per esempio, dove pure non esiste ancora un monumento a Galileo – le piazze e le strade sono oramai tutte ingombre di statue, e di colonne dedicate a gente, la cui migliore abilità nella vita fu quella di saper ben menare le mani, e di esser riuscita ad ammazzare molte persone, in guerra leale.

Questa monumentomania, che riproduce nei marmi e nei bronzi la frenesia collettiva, ch'è nelle anime delle classi dirigenti per la forza armata, si riproduce sulle pagine delle infinite storie ad usum delfini, che ciascuno Stato bolla col dogma della sua infallibilità.

Infatti nella epopea patriottica d'Italia ormai tutte le violenze, individuali o collettive, contro i poteri allora dominanti (dall'attentato di Agesilao Milano a quello contro il Duca di Parma) sono state oramai, non solo giustificate, ma glorificate ufficialmente – perchè senza quella rivoluzione lo Stato Italiano non sarebbe sorto; così, per l'eterno avvicendarsi delle cose, divenne oggi gloria ciò che era delitto ieri. E nello stesso paese, dove i tribunali militari condannarono a secoli di reclusione dei ragazzi colpevoli di aver lanciato sassi, per protestare contro un governo di affamatori – un glorioso monello di Genova, Balilla, ha pure il suo monumento, per avere saputo lanciare il primo sasso contro gli oppressori stranieri. La sola differenza – meno la statua ed i secoli di reclusione

– tra gli uni e l'altro, è: che questo si rivolta contro una tirannide straniera – quelli contro una prepotenza paesana. Il movente fu identico: lo sdegno contro l'ingiustizia.

Ma per i ragazzi d'Italia, come per i combattenti di ogni età, nulla apparve più vero della frase di Brenno: Guai ai vinti!

Oh, se invece d'essere uccisi e sconfitti, essi fossero stati vincitori forse gli stessi gazzettieri che oggi li cuoprono di fangose contumelie, si darebbero da torno, per innalzare anche a cotesti Gavroches del proletariato, il monumento della vittoria.

La violenza non può formare il substrato dottrinario di verun partito, e non fu nella storia se non un mezzo di soperchieria e di tirannide tra le classi e le dominazioni tra loro e sopra i dominati; essa fu adoperata anche come strumento di riscossa, come già si è detto, per parte degli oppressi, senza che per questo diventasse il principio teorico delle loro rivolte; giacchè quando gli schiavi antichi si ribellavano al gioco dei patrizi di Roma, la violenza che essi ritorcevano per necessità di lotta e di liberazione, non era il fine, bensì il mezzo: il fine restava sempre quello che è palpito invincibile dell'anima umana: la libertà.

Così pure quando contro il vecchio regime, scricchiolante sui cardini arrugginiti, si rovesciarono le bufere rivoluzionarie che chiusero convulsivamente il secolo passato – i partiti d'azione, da quelli politici dei Cordiglieri e dei Giacobini, a quello economico di Babeuf, organizzato nella lega degli uguali, predicavano le necessità di contrapporre la violenza alla violenza – lanciando contro la forza coalizzata dei tiranni paesani e stranieri la forza armata del popolo, non consideravano certo coteste violenze permanenti, che come il mezzo spietato, ma necessario di schiacciare per sempre il dispotismo.

Certamente che il 14 luglio e il 10 agosto furono il corollario storico ineluttabile della proclamazione dei diritti dell'uomo, ma innanzi alla filosofia della storia le due memorabili giornate non rimangono se non come la conflagrazione suprema tra due evi diversi.

L'anima della rivoluzione da anni alitava sobillatrice nelle menti – ruggiva con rombo ammonitore, nelle viscere stesse delle decrepite istituzioni, nella eloquenza muta delle cose, che annunziavano lo sfacelo di un mondo – splendeva nelle pagine chiaroveggenti degli enciclopedisti, nelle ardenti visioni di Condorcet, nelle calme profezie di Diderot.

Era pur necessario proclamare i diritti con la forza, quando la forza contrastava loro il passo, in nome dei privilegi. Ma il fine era, o doveva essere, ben altro: la libertà – e quindi l'amore; giacchè nessun altro contenuto morale può esservi in cotesta parola.

E quando, in nome della rivoluzione, Robespierre volle organizzare la violenza permanente, di governo, facendo del boja il primo funzionario dello Stato, sia pure contro i nemici del popolo o contro i sospetti di realismo, scambiando così i mezzi con i fini di una rivoluzione liberatrice – come se una volta scacciati i tiranni, la libertà potesse ai cittadini imporsi con la forza – il nuovo stato di cose sebbene fosse passato fieramente sopra tante vite umane, cadde nello stesso errore, e nella medesima odiosità, per la quale si era sorti in armi contro l'antico regime, e preparò il terreno per la dittatura militare del primo Bonaparte.

Ora la filosofia dell'anarchia, fatta forte di tutte queste esperienze del passato, e senza stabilire canoni assoluti, – giacchè nulla di assoluto esiste – parte da questo principio fondamentale, che forma tutta la sua base morale: «la libertà è incompatibile con la violenza; e siccome lo Stato, come organo centrale di coazione e di spogliazione a vantaggio di alcune classi ed a danno di altre, costituisce una forma organizzata e permanente di violenza non necessaria, la libertà è incompatibile con lo Stato.»

Da questa premessa scaturisce una serie di principii, e di argomenti irrefutabili.

Non c'è bisogno di spendere molte parole per dimostrare ai nemici dell'anarchia – tanto a quelli di destra come a quelli di sinistra, a quelli che non vogliono ed a quelli che non possono capirla – che la violenza è la naturale nemica della libertà – e che solo la violenza necessaria è legittima.

Infatti non è del pari nemico della libertà chi imprigiona un uomo, per punirlo di pensare in un modo piuttosto che in un altro, come chi lo ferisce o lo uccide per obbligarlo a pensare come lui?

Non ci può essere libertà, socialmente intesa, se questa non finisce dove incomincia la libertà di un altro. Che uno mi metta t piedi sul petto, in nome dello Stato o del suo capriccio individuale; è la stessa cosa, essi violano del pari il mio diritto ed io debbo considerarli tiranni tutti e due, perchè non è la veste che fa la tirannide; tirannide è ogni atto che calpesta la libertà altrui.

La violenza sia essa compiuta su di me da un agente governativo o da un altro prepotente qualsiasi fa nascere dal mio lato il diritto di legittima difesa. Ed ecco sorgere il concetto morale della violenza necessaria.

Io respingo legittimamente una ingiusta aggressione, come ribatto ogni grave provocazione, come sento del pari il diritto di ribellarmi alla oppressione, che è una libertà più lesiva di qualsiasi altra forma di violenza brutale.

Il diritto di legittima difesa che rende necessaria la violenza nell'individuo e nella società, è il fondamento morale delle rivoluzioni contro qualsiasi forma di tirannia.

Base morale dell'anarchia è dunque la libertà, e la rivoluzione, nel senso vasto e scientifico della parola, non è che il mezzo per farla trionfare contro le resistenze che la comprimono. La violenza non potrà mai essere il contenuto filosofico dell'anarchia, intesa questa parola non nel significato odioso che le danno le spie e i gazzettieri prezzolati, appunto perchè la violenza è il substrato morale di ogni potere politico, il quale sotto qualsiasi forma venga larvato, resta sempre tirannide dell'uomo sull'uomo: nelle monarchie, violenza permanente di uno su tutti, nelle oligarchie dei pochi su molti, nelle democrazie delle maggioranze sulle minoranze. In tutti cotesti ed in qualsiasi altro accentramento autoritario, che si arroghi il diritto di governare la società, la coazione è il solo argomento persuasivo che l'autorità adopri verso i governati! Coazione nel chiedere il concorso dei cittadini alle spese pubbliche, coazione nell'imporre ad essi il tributo di sangue, che è la leva militare, coazione nell'impartire la scienza e l'insegnamento patentati dallo Stato, coazione infine nel dichiarare ortodosse od eretiche le opinioni dei diversi partiti politici.

Lo Stato padre, lo Statoprotettore dei deboli, tutelatore dei diritti, difensore geloso di tutte le libertà non è che una fiaba secolare, smentita dall'esperienza di tutti i tempi, in tutti i luoghi, sotto tutte le forme.

È quindi naturale che contro questo concetto, maturato nella prova dei millennii, sull'indole dello Stato, che Bovio ben dice di sua natura spogliatore e violento, sia sorto al di sopra e a dispetto della significazione volgare, il concetto di anarchia, come antitesi politica dello Stato, a significare che se questo accentra, comprime, calpesta, violenta, incatena, taglieggia ed uccide, col pretesto dell'ordine e del bene pubblico – quella invece vuole che l'ordine ed il bene pubblico non sieno che il risultato spontaneo di tutte le forze produttive associate, di tutte le libertà cooperanti, di tutte le sovranità intelligentemente esercitate nell'interesse comune, di tutte le iniziative armonizzate dal trionfo di questa magnifica certezza: che il bene di ciascuno non potrà trovarsi che nel bene di tutti.

Lo Stato si regge con violenza – e dalla violenza sarà vinto – qui gladio ferit, gladio perit. Al disordine delle classi sociali, tra loro cozzanti per interessi contrari, al caos dei privilegi sopraffacenti i diritti, alla imposizione di penosi doveri a cui non viene riconosciuto nessun corrispondente diritto – subentrerà l'ordine, l'ordine vero, risultante armonica della libera federazione delle intelligenze e delle forze umane come l'ordine cosmico è il prodotto spontaneo delle forze naturali, vincenti gli ostacoli, che si frappongono alla eterna evoluzione dei fenomeni e delle forme.

La evoluzione sociale sta corrodendo le ultime fondamenta dello Stato, fosco fortilizio innalzato lungo i secoli con tanto cemento di vite e di libertà umane.

Quando la corrosione sotterranea sarà compiuta, come avviene degli isolotti vulcanici e madreporici della Polinesia che la marea assidua rode da migliaia di anni, e che ad un tratto sprofondano, come inghiottiti dalle immense fauci dell'oceano, lo Stato scomparirà con l'agonizzare della economia capitalistica, una volta che cessi la principale delle sue funzioni, che è quella di fare da can da guardia del parassitismo di classe.

Alla morale stataria, che corrisponde alla violenza di ogni spirito e di ogni organismo autoritario, subentrerà irresistibilmente – come il soffio rianimatore delle stagioni nuove – la morale anarchica (che in queste epoche buie fu creduta morale di sangue e di vendetta da nemici e da ciechi amici suoi) subentrerà, vincendo le ultime asprezze degli animi, addolcendo le ereditarie ferinità degli istinti, conciliando le avversioni e le impulsività primitive nell'amplesso pacificatore degli interessi armonizzanti, delle miserie redente, del benessere diffuso, delle menti illuminate, dei cuori tornanti all'amore, alla serenità, alla pace.

Si vedrà allora, dopo che il meriggio dei fatti compiuti illuminerà gli errori del passato, che la scuola politica dell'autorità da Aristotele a Bismarck, era la vera scuola della violenza, per quanto commessa in nome ora della potestà divina, ora del diritto militare; ora dell'ordine pubblico, o della legge – e scuola di libertà, scuola di ordine vero apparirà invece quella che fu giudicata setta di sanguinarie utopie, perchè qualcuno dei suoi, rispose dal basso con la violenza alla violenza trionfante, in alto, col piede sugli umani diritti schiacciati.

Il principio della solidarietà, passato a traverso le epoche di assidua e mutua prepotenza economica e politica, avrà vinto del tutto i primitivi istinti di lotta intersociale tra gli individui, le classi, le nazioni e le razze – e sui ruderi sulle macerie della antica mischia umana – tragedia di secoli che insanguinò il mondo – rinverdiranno nella realtà le giovinezze dell'utopia – la eterna calunniata, la perennemente derisa.

Si comprenderà alfine – dopo un combattimento intellettuale meraviglioso di sconfitte e di audacie da Platone a Kropotkine – che il disordine sociale soltanto ed il principio della lotta hanno bisogno di uno strumento di difesa, per sua natura violento, e lo trovano nello StatoGoverno; che quando alla lotta di ciascuno contro tutti, la quale fu l'anima di tutte le società sinora succedutesi nella storia, subentri la solidarietà di tutti nella lotta da impegnarsi contro la natura, onde strapparle i segreti ed i benefizi a vantaggio universale, la causa dell'ordine trionferà senza coazione di sorta, giacchè gli interessi ed i sentimenti di ciascuno, conciliati nell'armonia del benessere e della libertà di tutti graviteranno intorno al bene collettivo, come nei sistemi stellari i pianeti intorno all'astro centrale, che diffonde sopra essi la luce, il calore, la vita.

Pietro Gori.

IN DIFESA DI SANTE CASERIO

Nacque a Motta Visconti, gaio villaggio della Lombardia, da una buona famiglia di lavoratori. Il suo temperamento, entusiasta e meditabondo, era di quelli in cui le fedi più ardenti sbocciano e si sviluppano con forza misteriosa. Nella infanzia, le ingenue credenze religiose dei suoi compaesani, fra cui passò i primi anni della vita, gli ispirarono un mistico fervore.

Negli occhi azzurri, profondi e sognatori di fanciullo, e nel sembiante mansueto che rivelava l'interna bontà del suo cuore anche mentre saliva il patibolo, poteva leggersi l'anelito, l'ansiosa aspirazione ad un mondo ideale, in cui gli uomini amandosi vivessero in pace. Il suo intelletto di bimbo, ne' primi anni, credè intravedere il mondo dei suoi sogni nelle promesse bibliche dei profeti cristiani; e fu così che, essendo egli bello come un cherubino, si servivano di lui nelle processioni religiose di Motta Visconti per rappresentare il piccolo San Giovanni.

Prestissimo dovette affrontare la lotta per il lavoro e per il pane quotidiano. Per ciò si risolse ad abbandonare la mamma che adorava e da cui era adorato, e spingersi nel mare burrascoso della vita, in cui si trova a dover navigare perpetuamente ogni lavoratore. Lasciò allora Motta Visconti, ed abbandonò altresì le illusioni mistiche di fanciullo, distrutte presto dalle dure realtà della vita.

In Milano si occupò come panettiere nel forno Tre Marie e vi lavorò con zelo e infaticabilmente; e quivi si trovò più direttamente innanzi lo spaventoso sfruttamento legale del lavoro da parte dei parassiti del capitalismo; e constatò le ingiustizie sociali e la violenza d'una classe che non produce nulla, contro l'altra che col suo sangue e sudore crea la ricchezza de' suoi padroni e solo, come unica ricompensa delle sue fatiche, raccoglie miseria e disprezzo. Fu per questo che Sante Caserio divenne anarchico.

Affettuoso e sensibile di cuore, il giovane operaio era predisposto a piegare verso la causa degli oppressi e degli sfruttati, – alla cui classe del resto apparteneva, – per lottare contro un sistema politicosociale basato sul privilegio e la forza. E quando il vessillo del socialismo anarchico passò davanti a lui, – spinto dallo spettacolo degli orrori della cosidetta civiltà attuale, – decise seguirlo.

Quando fui la prima volta a Milano, Sante Caserio era già un anarchico entusiasta, e ricordo ancora la profonda impresione che mi fece quando fummo presentati. Si era ad un comizio di lavoratori, ed egli andava intorno distribuendo opuscoli e giornali rivoluzionari. Col suo modo franco di esprimersi, saltando da un punto all'altro della conversazione, ma senza deviare dall'argomento principale, mi parlò delle difficoltà che presentava la propaganda nelle provincie rurali in Lombardia, a cagione del sentimento religioso troppo radicato fra quelle popolazioni; e concluse in questi termini: «Non è possibile convincere e dissuadere gli uomini con la forza, e la stessa libertà che noi proclamiamo ci obbliga a rispettare le opinioni che crediamo false, nel tempo medesimo che le combattiamo. Eppure, soffro immensamente nel vedere tanta povera gente rovinarsi la salute a coltivare i campi, permettendo ai padroni di succhiar loro il sangue, che è la vita stessa, e al pensare che malgrado ciò non si ribellano; anzi al contrario, restano sottomessi e tranquilli credendo a chi loro parla di speranza nel paradiso eterno. Anche io ci credevo, una volta. Ma non essi sono colpevoli del proprio errore causato dall'ignoranza, sibbene quelli che li sfruttano e li ingannano».

In lui parlava lo spirito catecumeno di una nuova fede; e tutto il fervore di un credente nato gli vibrava nella voce!... Egli non credeva più da molto tempo nel paradiso celeste; ma con la stessa fede ed entusiasmo credeva però alla possibilità dell'uguaglianza per tutti, che ponesse fine al regno della sventura, della prepotenza e del furto.

Ormai non c'era più in lui quella mistica fede che lo aveva fatto credere in un mondo pieno di delizie, popolato da santi e da arcangeli... C'era invece l'ardente ed attiva fede, per cui vedeva nella vita una missione da compiersi durante la vita stessa. E questa fede, questa missione, questo desiderio intenso miravano alla conquista del diritto universale, del benessere e della libertà per tutti non nel cielo, ma in questa terra fertile da noi abitata. Poichè l'individuo fa parte della grande famiglia umana, è giusto e logico che esso tenda spontaneamente ad armonizzare i suoi interessi con quelli dell'umanità. Da ciò deriva che la libertà e il benessere dell'individuo non possano essere assicurati che con la libertà e il benessere di tutti.

Fu merito, in lui, di non esser caduto in preda al cinico e falso scetticismo odierno che niente crea e nulla combatte. Il suo entusiasmo si umanizzò e credette fermamente in questo: «Così com'è oggi la terra è l'inferno degli uomini; possa in un domani non lontano l'uomo medesimo far della terra un paradiso!».

Oh, sì!... Il vero inferno per l'uomo è vivere in questo mondo straziato dalle guerre, pieno di miserie, avvelenato dall'odio, degradato dall'ignoranza, insultato dalle orgie di quelli che non producono nulla, e afflitto dalle privazioni delle masse oppresse dalla fame e dalla stanchezza; – mondo piagato dall'ingiustizia, dissanguato dallo sfruttamento, crudelmente straziato dai contrasti economici, istupidito dalle menzogne legali, oppresso da tiranni politici. Viceversa questo mondo è destinato a divenire un paradiso in cui rivivrà l'umanità rigenerata, quando il benessere vi sarà assicurato a tutti; un vero paradiso, a paragone del presente inferno sociale, illuminato dalla scienza, abbellito dall'arte, governato dalla libertà, benedetto dalla fratellanza, guidato dalla giustizia, fortificato dalla verità, coronato dall'uguaglianza.

Alla conquista di questa terra promessa, – che sarà il trionfo dell'umanità, per l'impulso del nostro ideale di verità e di bellezza, – che gli uomini di poca fede non possono concepire perchè han misere l'anima e la ragione, che non sanno vedere quelli che sono accecati dalle mistiche visioni, riponendo nell'al di là della vita il segreto dell'esistenza, – a questo glorioso ideale, oggetto di scherno e di odio pei nostri nemici, ma che ai suoi apostoli reca la tranquillità e la calma nelle più tetre prigioni e fin sui gradini del patibolo, Sante Caserio si consacrò tutto quanto. Da allora visse soltanto per la causa e per essa morì.

La vita brevissima di questo, giovane, – aveva appena 21 anni quando fu ghigliottinato – è stata ripetutamente esaminata a traverso le lenti del dispetto e dell'odio, prima dalle polizie italiane e francese unite insieme, poi da una caterva di impostori bugiardi, i giornalisti borghesi, pagati dai conservatori del cosidetto «ordine» pubblico.

Ciò nonostante, questi disgraziati non potettero non giungere a una conclusione, all'assicurazione cioè che Sante Caserio era un lavoratore di carattere buonissimo. E perfino la Scuola Criminale tanto avversa agli anarchici si vide obbligata a riconoscere ed affermare che il giovane panettiere era un onesto nato.

Così furon costretti ad ammettere, convinti da lettere personali di Caserio che, mentre tanti ministri e personaggi di alte sfere rubano a più non posso nei pubblici erari per vivere nello splendore e nel lusso, questo povero ragazzo seppe resistere al bisogno e alla tentazione, malgrado si trovasse solo in paese straniero, disoccupato e senza mezzi di sussistenza; poichè sentiva una invincibile ripugnanza «a prendere da sè ciò che gli bisognava per soddisfare le necessità della vita, dove ce n'era di superfluo per altri». Ciò dovrebbe esser meditato dagli studiosi, al di sopra ed oltre ogni pregiudizio e preconcetto; e si tenga, presente che, malgrado quanto abbiam visto, Sante era individuo bene in possesso delle sue facoltà, del suo spirito di conservazione, convinto del diritto che aveva inalienabile alla vita, tanto che, fra le altre cose, scriveva ad un amico di Milano che « sapeva bene che il prodotto integrale del lavoro appartiene per diritto alla grande famiglia dei lavoratori, a cui è stato tolto dai padroni; così come tutti i prodotti naturali appartengono per diritto a tutta la specie umana».

Caserio andava, ne' pochi momenti di ozio, a distribuire fra gli operai vicino alla Camera del Lavoro opuscoli e fogli di letteratura anarchica, insieme a pagnottine di pane, che comperava coi suoi risparmi nella panetteria dove lavorava, «perchè, – diceva, – sarebbe stato un insulto dare a persone dimagrate dalla fame carta stampata, senz'altro con cui saziare lo stomaco prima di leggere; e perchè in tal modo eran capaci di capire un po' meglio ciò che leggevano».

Quando la polizia si accorse che Sante era un entusiasta propagandista, benchè fosse timido e modesto all'estremo nel suo modo di propaganda, cominciò a perseguitarlo. Varie volte le guardie si recarono dove stava a lavorare, per cercare di subornare il padrone contro il giovane anarchico. Ma il padrone, che gli era affezionato, rispondeva invariabilmente che Caserio era un operaio modello, intelligente e buono. Non contenta, la polizia insistè con maggiore assiduità nelle sue perquisizioni e visite nella cameretta di Sante e nella bottega ove lavorava; e giunse a spiare giorno e notte la panetteria. Alla fine il padrone, molto a malincuore, stanco di tante seccature, dovette licenziarlo.

Caserio non si scoraggiò per questo; trovò lavoro altrove e continuò con più ardore la sua modesta ma attiva propaganda.

La verità è che Sante, per quante volte fosse colpito dalle persecuzioni e dall'ingiustizia, non perdè mai neppure per un istante la sua paziente serenità. Sollevavano invece la sua indignazione le ingiustizie che vedeva commettere contro gli altri, come se fossero offese mortali fatte a lui stesso. Ricordo che una volta, nel giugno 1892, io e insieme altri trenta compagni anarchici, fummo liberati dopo alcune settimane di carcere preventivo, fatto sotto l'accusa di associazione di malfattori, – pura invenzione degli artifizi di Giovanni Nicotera, uno della vera banda di malfattori che avevano rubato alla Banca Romana. Fra i miei compagni di sventura c'era Sante Caserio. Ancora mi par di vederlo nella stanza delle guardie, nel momento che ci davan la notizia del non luogo a procedere; egli era lì, in piedi, senza un'ombra di risentimento nel viso per l'ingiusta carcerazione di cui era stato vittima. Ma mi sovviene d'un lampo di collera che passò ne' suoi occhi infossati e meditabondi, al sentir parlare della madre di Fiocchino (un inoffensivo sognatore che morì poi di fame e di eccessivo lavoro), di quella povera madre che era morta di tristezza al sentire che il figlio era stato arrestato dalla polizia. Senza dubbio in quell'istante Caserio pensò a sua madre, che doveva anche lei aver letto, laggiù nel quieto villaggio di Motta Visconti, del suo arresto.

L'ultima volta che vidi Caserio fu alla Corte d'Appello di Milano, dove si faceva un processo contro di lui ed altri, per distribuzione di un manifesto antimilitarista fra i soldati. Per ciò fu condannato a undici mesi di carcere; e nella difesa ch'io ne feci innanzi alla Corte, cercai dimostrare ai magistrati che non è con condanne e altri castighi della stessa specie che si può fiaccare una idea, ma che al contrario così si rendeva più aspra la lotta dei principii; e conclusi dicendo che se si fosse confermata la sentenza, ciò poteva gettare nel cuore tenero e mansueto del giovane Sante il malseme del rancore e dell'odio, riuscendo in tal modo a fare di lui uno dei più terribili vendicatori, poichè terribili e sanguinose sono sempre le vendette del pensiero oppresso.

I giudici confermarono la condanna, e Caserio che godeva della libertà provvisoria, preferì mille volte i disagi dell'esilio all'amara e mostruosa vita del prigioniero. Quando, dopo il processo, strinsi la sua mano, egli ancora una volta mi parlò di sua madre da cui si vedeva costretto ad andare lontano, senza potersi congedare da lei.

«Fra pochi mesi dovrei andare soldato, – mi diceva sospirando, – ho deciso di andare all'estero, e non so se potrò più tornare e la rivedrò mai più!» Così fu; Caserio non rivide più sua madre. Per gli avvenimenti che poi si successero, egli non potè più tornare. E quella povera madre prega ora pel figlio suo strappato dalle sue braccia da questa crudele società, e invano si reca l'infelice nel solitario cimitero di Motta Visconti in cerca della tomba del suo amato Sante... così dolce e bello nell'età in cui andava per San Giovanni nelle processioni religiose. Sventurata! Neppure può recarsi a posare un fiore sul mutilato corpo del figlio suo, ghigliottinato in strania terra, là, nella repubblicana Francia!

***

Siamo giunti al punto cui volevamo giungere, e cioè a cercar di sapere come mai un giovane di così buon carattere abbia potuto arrivare a commettere un fatto qualificato come assassinio politico. Quali cause influirono su lui, perchè da pacifico propagandista che era, si vedesse spinto ad un atto di questa specie? Il problema è più complesso di quel che non si creda. Il fenomeno psicologico della evoluzione dei sentimenti di Sante ha la massima importanza, e si complica con il risultato di quella speciale forma di tattica anarchica chiamata «propaganda col fatto». L'esame dell'uno è necessario altrettanto dell'esame dell'altro. In vero, i due fenomeni sono così intimamente in relazione fra loro, ed hanno cause tanto varie e complicate, che a volerli studiare completamente, occorrerebbe un lavoro molto più esteso e difficile, di fronte al quale il presente apparirebbe incompleto.

I borghesi parlano costantemente degli anarchici, accusandoli di poco amore per la vita umana. Tale affermazione è falsa, e noi lo dimostreremo. In ogni modo, non sono i borghesi che han più diritto di elevare questa protesta.

Son costoro, che col vigente sistema di usura capitalistica commettono quotidianamente assassinii in massa, – ignorati ma non per questo meno certi, – fra la classe lavoratrice che sente giorno per giorno esaurirsi le forze in un eccessivo lavoro e nella fame cronica; del cui male ne muoiono a migliaia, ad ogni istante mutilati i loro corpi dalle macchine e sotterrati vivi nelle miniere. Costoro, i borghesi, per difendere ciò che chiamano patria e non è invece che la somma totale dei loro possedimenti, interessi e privilegi, mandano eserciti di proletari a sgozzarsi l'un l'altro nella guerra orribile e fratricida. Ai primi brontolii della fame, rispondono saziandola con abbondanti razioni di piombo, scaricato per loro conto sui fratelli dai soldati e dai carabinieri.

Eppoi, la borghesia non è forse giunta a vincere tutte le sue rivoluzioni col maggiore spargimento di sangue? È lei che ha cantato osanna a tutti i regicidi, dalla biblica Giuditta al classico Bruto, dal puritano Oliviero Cromwell al leggendario Guglielmo Tell, dalla girondina Carlotta Corday al patriota Felice Orsini. Tutto il suo sistema di morale è condensato nel noto assioma selvaggio: «È bene tutto ciò che favorisce gli interessi della mia classe; è male tutto quel che va contro il mio interesse». Questa, in sostanza, è la teoria cinica e presuntuosa che si fa valere di contro a tanta miseria e sofferenza esistente nel mondo; in fondo, tanti dolori sono indifferenti agli attuali dominatori, poichè non toccano la loro borsa. Ipocriti, questi serbano le loro lacrime da coccodrillo e i loro falsi sospiri solo per quando qualcuno di essi cade, sommerso dai flutti della gran tempesta sociale!

Da un altro lato, si sono promulgate nuove leggi, –speciali o no – contro la libertà del pensiero; e, aumentando il numero dei proscritti e gettando in questo modo nella miseria e nella fame centinaia di famiglie, si è riusciti solo a spargere l'odio e ad aumentare i più intensi rancori.

E, come se ciò non bastasse, si è offerto al pubblico lo spettacolo degli assassinii legali della ghigliottina, – che riempirono di gioia selvaggia proprio coloro che più declamano per il rispetto della vita umana. Con tutte le formalità richieste, senza nulla obliare del divertente programma, si sono uccisi uomini che avevano sofferto quanto e più di quel che soffrì Vaillant, che non uccise nessuno e non ne aveva neppur l'intenzione; uomini che commisero i loro atti, guidati non da un desiderio di personale vendetta, ma spinti da ben altro e generoso impulso, quello di levare il grido orrendo della protesta sociale colà dove non giungono gli urli della fame, ove non si odono i gemiti e non si vedon le lacrime del popolo che soffre, sottomesso, nella massima disperazione.

Mentre tanta sete di vendetta e di sangue ispirava l'opera della borghesia, riuscendo così alla più pericolosa delle provocazioni, un giovanetto, espulso dal suo paese da una stupida e iniqua condanna, incalzato d'ogni parte delle persecuzioni della polizia, andava a piedi per la strada che va da Cette a Lione, meditabondo, pensando alle ingiustizie di cui era stato vittima e sopratutto alle altrui sofferenze. Giunto a Lione, s'imbattè in una moltitudine clamorosa e ignorante, che affogava il grido della miseria nel chiasso delle feste che si stavan celebrando in onore di un uomo che, per la menzogna costituzionale, passava come capo della nazione, ma che non era in realtà che il rappresentante della violenza della sua classe.

Quivi allora, faccia a faccia di questo semidio dell'imbecillità popolare, si levò forte e terribile l'oscuro panettiere di Motta Visconti, e nel suo pugnale riassunse la protesta suprema di tutte le miserie e le sventure umane, che eran giunte ai suoi occhi dalle immense pianure di Lombardia fino alla panetteria di Cette, ove ultimamente lavorava.

Oh! quella pugnalata venne come un fulmine!

In essa, a parte il caso tragico di un uomo che muore e d'una famiglia che piange, io vedo qualche cosa di più importante e solenne, io sento il rombo della tragedia sociale innanzi a cui la morte di quest'uomo non fu che un semplice episodio. Non poteva essere altrimenti: le vendette della ghigliottina dovevano provocare le rappresaglie della dinamite e del pugnale.

La legge ha i suoi carnefici, e il pensiero oppresso i suoi vendicatori.

Caserio cominciò col dedicarsi alla propaganda teorica, credendo fermamente che l'anarchismo fosse considerato come un partito qualsiasi, forte e rispettato. Invece si vide perseguitato per le sue idee, condannato e imprigionato. Lavorava infaticabilmente, per riserbarsi il diritto di rimproverare ai borghesi il loro ozio, per chiamarli parassiti, quali veramente sono. La vigliacca petulanza poliziesca lo cacciò di dove lavorava; ed egli si convinse ancor più che i potenti ed i ricchi sperano tutto dalla sommissione e dalla pazienza del popolo, cui premiano impudentemente raddoppiando contro di lui l'opera di spogliazione e di violenza.

Sentì i sostenitori della legge parlare del rispetto alla vita umana; ma sentì anche il grido dei nemici di tutte le leggi dall'alto del patibolo, e vide le teste mutilate di questi mostrate al pubblico dal carnefice, – sempre in nome di quel rispetto alla vita tanto decantato.

Ecco come e perchè tutto il grande amore che Caserio sentiva per l'umanità oppressa, si convertì in odio contro i tiranni della terra. E il suo odio dovette essere intenso, poichè nessuno può odiar molto se molto non ha amato. Egli non aveva alcun risentimento personale contro Sadi Carnot; ma Carnot era il rappresentante politico della borghesia francese, per conto della quale aveva firmato il decreto di morte dei ghigliottinati di Parigi. Il grido tragico di «Coraggio, compagni! Viva l'Anarchia!», che si trasmisero l'un l'altro dal palco del supplizio quei cavalieri della morte, sembrò contenere tutto il ruggito della tormenta di odio, fatto sempre più intenso non dalla parola degli agitatori anarchici, bensì dalle provocazioni sanguinose della borghesia: le ingiustizie commesse e gettate come una sfida alla miseria e alla fame.

Sante Caserio sentì questa voce de' suoi compagni; e senz'altro sperare corse verso la ghigliottina. Il povero fornaio sapeva bene che nel triste giuoco avrebbe certo perduta la vita, lasciata la testa; ma già non era più spinto dalla sua volontà, la tanto discussa libera volontà dell'uomo, che non è se non una mera illusione del nostro intelletto. Bisognava ben dire che mai la volontà ebbe minor parte nelle azioni dell'automa umano, come in quella giornata di viaggio, per Caserio da Cette a Lione, che lo stesso Sante nel suo interrogatorio descrisse con tanta precisione di dati, che non può fare a meno di sorprendere.

Leggendo e tornando a leggere la relazione del processo di questo giovane, si sarebbe quasi portati a credere che un potere misterioso abbia condotto Caserio sul posto preciso ove passava il corteggio del Presidente, e che un'onda irresistibile di disperazione insieme e di odio l'abbia lanciato, naufrago infelice nel mare della vita, fino al punto di commettere l'atto tremendo e sensazionale che gli guadagnò il patibolo.

Oh! la pugnalata di Sante Caserio lampeggiò in Lione, illuminata quella notte a festa, come vibra il fatale rintocco d'una campana nell'immenso cronometro dell'umano destino!...

Perchè, o farisei della toga e della penna, perchè non dovremmo noi elevare un pensiero riverente a quelli dei nostri che caddero nella battaglia mortale, poichè voi ne vorreste insozzare il nome, non contenti d'averne decapitato il corpo? Perchè non dovremmo farlo, ripeto, mentre dal lato vostro, voi glorificate i carnefici, vittime una volta tanto della rappresaglia degli umili, e li elevate agli onori del Pantheon?

Piuttosto, paventate il giorno in cui queste moltitudini misconosciute e ignote, codarde per ignoranza, riprenderanno coraggio innanzi al vostro indifferentismo. Ah! quando giungerà il giorno auspicato in cui i loro occhi si apriranno per contare il numero dei propri morti e dei vostri? I vostri possono esser contati facilmente; ma chi può giungere a numerare le vittime loro, assassinate, l'oscuro gregge delle vittime anonime perite nell'immenso macello, fatto dalla ricchezza vostra e dai metodi impiegati per conservarla?

Io sono anarchico perchè adoro la libertà, e con la libertà la vita, l'amore, il più grande sentimento umano. Credo che un giorno debba giungere, in cui gli uomini si meraviglieranno al ricordo dei nostri crudeli combattimenti e del modo come ci opprimiamo l'un l'altro, – così come oggi noi ci meravigliamo quando leggiamo delle lotte fra i cannibali.

Ma allora saranno sparite le cause dell'odio. L'uomo vedrà nell'altro uomo un suo simile, un fratello e un combattente con lui solidale nelle lotte contro le forze cieche della natura. Ognuno avrà assicurato un posto, uguale fra gli uguali, al banchetto della vita.

Il fratricidio di Caino sarà allora una leggenda incredibile, quando gli uomini vivranno in armonia dopo questo secondo diluvio universale, che sarà la rivoluzione per il pane e per la libertà. Sembrerà un'orribile favola, fra gli uomini nuovi, il sapere che dei pseudoscienzati abbiano tagliuzzato sulla tavola anatomica il cervello di Emilio Henry, e ciò solo perchè i borghesi potessero rimettersi dall'impressione avuta nel vedere l'intrepidezza con cui questo giovane salì il patibolo facendo loro credere nientemeno che la contrazione dei muscoli già rigidi significasse che Henry era morto di paura.

Ed apparirà ancora più infame e incredibile che i magistrati, più creduli del carnefice, facessero spiare nel carcere l'espressione del viso di Caserio nel momento in cui, all'improvviso, la mattina dell'esecuzione, gli si lesse la conferma della sentenza di morte; e che, al leggero tremito della voce e una lacrima che cadde dai suoi occhi, abbian voluto scoprire nel giovane un segno di debolezza. Ma anche se fosse com'essi dicono, e probabilmente è il contrario, – quegli snaturati non avevano cuore da capire che quella lacrima e quel tremito potevano essere, perchè Sante pensava al momento in cui la madre avrebbe letto, laggiù nel villaggio natìo, che suo figlio era morto.

Eppoi, anche ammettendo che causa ne fosse l'ultima lotta della ragione contro l'istinto, che tende con tutte le forze a la vita, chi potrebbe lo stesso dubitare del coraggio di questo giovanetto così nobilmente sacrificatosi nel fior dell'età?

Quando lo stato attuale della società sarà cambiato e più non esisteranno gli odi e le passioni dell'oggi, allora la storia dirà il suo inappellabile verdetto. Le generazioni future dei buoni e dei felici vedranno in un raggio di luce il ghigliottinato fanciullo, che solo uccise pel suo grande amore per tutti gli oppressi e per l'odio verso tanta e tanta ingiustizia.

Lo vedranno ancora, nel modo come subì il supplizio estremo in quella mattina d'estate caliginosa e triste, innanzi a una moltitudine ignorante, che vedeva in lui un assassino di odiata nazionalità, invece del vendicatore dell'umanità ribelle e indignata.

Sì, lo vedranno ancora, sereno e tranquillo, sotto il cieco odio, alzare gli occhi azzurri verso il lontano orizzonte. Ei non contemplò con quello sguardo le mistiche visioni del «piccolo San Giovanni». Sentiva in sè, n'era conscio, che appena il coltello affilato della ghigliottina gli sarebbe caduto sul collo, non ci sarebbe più che tenebre e freddo, il nulla, e che il nulla assoluto riassorbirebbe intero il suo spirito.

Ma pure, qualche cosa come una vibrazione passò traverso l'aria, – egli lo sentì. Era la vibrazione, il fremito delle generazioni venture, ridonate alla pace ed all'amore, da un tale spargimento di sangue che avrebbe colorato in rosso i fiumi ed i mari; dopo che le convulsioni dell'umanità avranno fatta tremare la terra e scoppiare la tempesta, e che l'uragano avrà spazzate via tutte le cose inutili e cattive.

Sì, egli sentì traverso l'aria questa vibrazione; egli, povero e oscuro combattente, figlio della sofferenza delle folle dimenticate, sentì lo zeffiro che giungeva dal suo mondo ideale, e allora il suo cuore, in un attimo palpitò tutta una intera ed ampia vita di lotte e di avvenimenti ancora ignoti.

Animato da questa luce interiore egli avanzò verso la ghigliottina, mentre la moltitudine stupida e codarda imprecava all'uomo che si stava per uccidere. Lo spirito, che animava quella moltitudine non era forse il medesimo della gente d'altri tempi che insultò Cristo, il ribelle di Galilea, lungo la via del Calvario?...

Però con la maggiore serenità Sante Caserio diresse lo sguardo, – oh, quello sguardo! – alla moltitudine imprecante, nell'atto stesso che posò il collo nella lunetta della ghigliottina.

Il grido di battaglia: «Coraggio, compagni! Viva l'Anarchia!» gli fu mozzato in gola dalla lama affilata e diaccia che separò la testa dal corpo.

Nonostante, la moltitudine proseguì a urlare, mentre gli occhi dell'insanguinato capo del martire, vivi ancora, parevano guardare fissamente l'incorruttibile avvenire.

Perciò, soltanto l'avvenire sarà capace di rendere giustizia alla sua memoria.

Due interviste su Sante Caserio

(Dalla "Tribuna" di Roma del 2 agosto 1894)

Come sapete, l'avvocato Gori è qui: non è precisamente a Lugano e mi permetterete di non dirvi dov'egli abiti. Ho potuto tuttavia vederlo e m'è parso che fosse interessante l'intervistarlo, alla vigilia del processo Caserio.

Ecco qua, esattamente il processo verbale del nostro colloquio, dove ho cercato di tradurre i suoi pensieri il più esattamente che mi è stato possibile:

D. Quali sono gli scopi pratici del Partito Anarchico?...

R. Innanzi tutto fa d'uopo intendersi su questa parola: Partito. Gli anarchici non costituiscono un partito vero e proprio. Gli anarchici, non che in teoria non l'ammettano, ma in realtà non hanno organizzazione di partito. In teoria gli anarchici riconoscono che non può esservi società civile senza organizzazione, intesa questa parola non nel senso di irriggimentazione, ma nel senso di libera e spontanea associazione di interessi e di sovranità individuali. Giacchè l'autonomia non esclude la solidarietà – anzi. Si fa con entusiasmo per amore ciò che non si farebbe per forza. E gli individualisti più eterodossi, da Spencer, il grande borghese, a Kropotkine, l'esule principe anarchico, ben sanno che la spirale del progresso umano tende a questo ideale di conciliazione della libertà ed autonomia individuale colle necessità della vita collettiva. Quindi gli anarchici non negano, nei loro ideali di ricostruzione sociale, una forma di organizzazione, per quanto libertaria ed autonomista. Ma, praticamente, e per la necessità della lotta, essi sono disorganizzati.

Ed è questo che costituisce la loro forza e la loro debolezza. La loro debolezza, perchè se gli anarchici (incredibilmente numerosi specie nelle nazioni latine e nell'Austria) fossero organizzati, la loro visibile potenza politica acquisterebbe loro un credito morale, che oggi loro manca agli occhi delle maggioranze conservatrici. Ma codesta disorganizzazione costituisce anche la forza invincibile del partito (se così si può chiamare) ed è ciò che renderà completamente vane le leggi eccezionali votate in questi giorni da diversi Parlamenti europei.

Gli anarchici, che si professano apertamente tali, costituiscono la infima minoranza di questo enorme esercito anonimo, senza capi, senza regolamenti, senza legami, all'infuori di quelli che possono derivare da un allacciamento ideale fra quelli che militano per la medesima causa. Potranno riempire le carceri, le isole, gli arcipelaghi intieri – e gli anarchici aumenteranno costantemente in ragione geometrica delle persecuzioni. I governi avranno arrestato i più conosciuti – chiamati pericolosissimi nelle note di questura – e saranno rimasti fuori gli ignoti, gli insospettabili – ed è da questa schiera inafferrabile che usciranno i nuovi agitatori, e forse, i nuovi uomini della disperazione e della morte. Eppure se conosceste quanta bontà, quanta gentilezza ingenita in molti di quegli animi irruviditi dalle lotte per la vita... Quali ingenui entusiasmi!... Ci sono, è vero, le figure tenebrose e sinistre, gli organismi fisicamente e moralmente degenerati. Ma qual partito rivoluzionario dal cristianesimo al giacobinismo, e da questo al garibaldinismo si è potuto salvare da questa lebra sociale? Ma d'altronde una scienza, serenamente umana, pure aborrendo il delitto, ne indaga e ne scopre le principali cagioni nelle ingiustizie che colpiscono i più – e solo da un nuovo ordine di cose aspetta la redenzione morale, e la estinzione, o almeno una grande, infinita attenuazione di questo fenomeno di patologia sociale, che è la delinquenza.

Scopo pratico del vero e sincero anarchico non è adunque il delitto, nè la istigazione a commetterlo – ed io scommetto (e lo dico anche per esperienza professionale e politica) che se si facesse una statistica criminale degli anarchici, che si vogliono inviare al domicilio coatto, e che popolano attualmente le carceri dei vari paesi, resulterebbe che oltre il 90 per cento di costoro non ebbero mai condanne per reati contro le persone e le proprietà. E sono, per la maggior parte, operai, che miseria, stenti, asprezze nella vita, devono bene averne sofferto.

D. Come spiega dunque i delitti dei dinamitardi e dei pugnalatori, che si professano anarchici?...

R. Ed anarchici sono realmente. L'errore però sta nel credere, che cotesti atti sieno una conseguenza delle dottrine, anzichè dei temperamenti individuali. Io, per esempio, che mi sento socialistaanarchico quanto altri mai, sarei incapace di recare il minimo danno ad un mio simile, od eccitare altri a farlo. E vi assicuro, che non dico ciò per migliorare la mia nomea di terribilità (ingiustificata del resto) di fronte alla polizia internazionale. E non è neppure il caso di dire, come affermava il Taine, che è pericoloso mettere un'idea grande in un cervello piccino. Molti di questi operai anarchici hanno assai più buon senso (il quale non ha nulla a che fare col cosiddetto senso comune) di parecchi scaldapanche, che ho conosciuto nell'inclita Università di Pisa, e che ora sentenziano nei tribunali, o stendono verbali sgrammaticati in qualche questura. Cotesti operai hanno sentimento e cuore per sentire alto il rispetto alla inviolabilità della vita umana.

D. E allora perchè alcuni di costoro procedono con la dinamite e col pugnale?

R. Potrei alla mia volta domandarvi: perchè la società odierna ricorre così spesso alla sua forza che è in fine violenza organizzata, anzichè alla ragione? Perchè ha più fiducia nelle sue baionette e nei suoi cellulari, che in riforme miglioratrici delle innegabilmente misere condizioni popolari!... Perchè su noi pesano l'eredità e l'atavismo delle barbarie primitive, del brigantaggio medioevale, del militarismo moderno. Perchè ce l'abbiamo ancora nel sangue la violenza, non ancora vinta, dall'umanismo; e siamo, sotto il nostro involucro incivilito, tuttora selvaggi ed antisociali nell'anima – tutti voi borghesi, e noi anarchici...

È la scuola della violenza, che in alto e in basso prevale. La mia fede incrollabile è nella propaganda, che vuol dire ragionamento, discussione, a viso aperto (senza congiure e cospirazioncelle). Il popolo fa da sè. E come nelle crisi solenni della storia non teme i governanti, così non subisce sobillatori, i quali dicano delle bugie sulle sue condizioni reali. Quindi io penso che la reazione, senza volerlo, sia rivoluzionaria nei resultati. Ho ripetutamente studiato questo fenomeno. Le nuove leggi credono d'imbavagliare la propaganda anarchica. Non faranno che cangiarne i metodi. Invece della propaganda aperta, controllabile – nascerà per fatalità di cose, la propaganda segreta, anonima.

Ma quali tremendi risultati da questa compressione delle idee! Il pensiero, compresso nelle sue due valvole di sicurezza, la stampa e la parola, è il più terribile degli esplosivi. Ravachol, Vaillant, Henry, Caserio sono la manifestazione tragica, spietata, se volete, di questa esplosione di una idea compressa. Un sintomo psicologico di questo fenomeno è questo periodo d'una delle ultime lettere di Caserio ad un suo amico panettiere: «giacchè in questa repubblica di Francia, non si può fare la propaganda con la parola, nè colla stampa, si progredisce con la propaganda col fatto...» Taglieranno la testa di cotesti propagandisti implacabili, impediranno che la loro parola sia ripubblicata dai giornali, ma che avranno fatto?

Dopo avere glorificato la violenza nelle scuole (Bruto e Napoleone non sono due violenti illustri?) risponderanno alla violenza colla violenza, al sangue col sangue – sempre, sempre...

Ma, violenza per violenza, lasciatene almeno il giudizio ai posteri. Il nostro ed il vostro saranno sempre partigiani.

D. Ella ha conosciuto Sante Caserio: può darmi qualche particolare inedito sulla sua vita?

R. Avendolo alcuni giornalisti chiamato una vittima dei miei sobillamenti – mentre lo conobbi che esso era già anarchico fervente – ammetto senza esitanza d'averlo intimamente conosciuto. È un farne l'apologia dicendo ch'egli era un laborioso e bravo ragazzo? Ormai si è detto e ripetuto a sazietà, perchè ciò è supremamente vero. Ma si ha, senza dati positivi, il diritto di dire: solo le teorie (parlo di teorie) anarchiche lo hanno guastato? Quando partì da Milano (io lo ricordo ancora nella mitezza dei suoi occhi azzurri), lo avevo difeso in un processo di eccitamento alla disobbedienza fra i soldati per la distribuzione d'un opuscoletto. La Corte d'appello aveva creduto di diminuire solo di 3 mesi la pena.

Egli riprendeva la via del volontario esilio per la Francia, sereno, senza odio... L'unico suo accoramento era quello di lasciare sua madre – e gli occhi a quel pensiero gli luccicarono per due lacrime, che egli asciugò prontamente. – «D'altronde, disse, noi siamo come i volontari del '48, e dobbiamo partire cantando». – E vinceva la sua emozione con quella sua innata fierezza contadinesca che contrastava con la sua bontà.

Una mattina d'inverno lo trovai presso la Camera del lavoro di Milano, che distribuiva opuscoli di propaganda e panetti freschi, agli operai disoccupati. E gli opuscoli ed i panetti li acquistava coi suoi risparmi, e riducendosi al puro necessario. Non ricordo d'averlo mai veduto neppure semiubriaco, cosa frequente nella classe dei prestinai. Beveva poco, proprio per stare in compagnia con gli amici; fumava pochissimo.

Di fronte ai vizi giovanili si manteneva puritano. Una sera apostrofò degli amici che uscivano da una casa di tolleranza: Come potete abusare di coteste disgraziate, comprandone la carne e gli abbracci? E siccome un opportunista di quella comitiva disse: «Intanto con la nostra lira abbiamo sollevato un po' la loro miseria!» – Caserio salì sopra, dette una lira a una di quelle donne, che lo guardava trasognata, e se ne ritornò senza far parola.

Un giorno gli domandai: E tu che sei un bel giovanotto, perchè non fai all'amore? – «Prima sì, mi rispose – ma dacchè ho sposato l'idea, non bazzico più donne, finchè non mi farò una compagna, a modo mio». Aveva preso in affitto un appartamento, in cui accoglieva la notte a dormire tutti i compagni senza tetto ospitale, che si trovassero in Milano... Un vero bivacco... Ed egli si recava a lavorare tutta la notte. Una sola volta ho visto lampeggiare i suoi occhi d'ira sinistra. M'accompagnava a casa, in una sera glaciale d'inverno – e davanti ad uno degli hotels sontuosi del Corso, incontrammo una vecchietta cadente, che i nottambuli milanesi vedono nelle ore inoltrate della notte montare la guardia contro i ladri, per qualche soldo, alla porta di cotesto hotels. Caserio, vedendo la vecchiarella assiderata dal vento e dalla neve, aggrovigliata in un canto, la sollevò, le vuotò nelle mani scarne i suoi pochi soldi, ed esclamò con voce fremente: «Una società, che permette queste infamie, non merita pietà». Era la belva umana, che ruggiva in fondo a quel cuore attristato dallo spettacolo della civiltà cinica. La belva dormiva, rannicchiata in seno a quel giovinotto mite e buono. Le sofferenze e lo spettacolo delle sofferenze altrui, e poi le persecuzioni, e la compressione del suo pensiero la destarono, la fecero erompere terribile.

Quando lessi che Sante Caserio aveva ucciso il presidente della repubblica francese, non so per quale intima associazione d'idee, mi si presentò alla memoria la scena di quella serata invernale, e rividi il lampeggiamento degli occhi di Caserio, e ricordai la sua tragica minaccia.

Spogliando poi con l'amico Guglielmo Ferrero le ultime lettere di Caserio ad un amico suo (pubblicate dal Figaro) compresi tutto, e mi spiegai quell'inconcepibile travolgimento psicologico.

Le torture fisiche e morali avevano inacidito la sua bontà.

Egli non agì per mandato del Partito, nè per sorteggio di complotti, nè per alcun'altra di coteste fantasticherie carbonaresche.

In una mia lettera alla Lombardia, subito dopo l'attentato, sfidavo l'istruttoria a provar ciò. L'istruttoria ha escluso il complotto. Vedrete il processo. Caserio rivendicherà completa l'iniziativa e la responsabilità dell'atto suo. Dirà che non aveva fini personali, nè di lucro, nè di bassa vendetta. Spiegherà le sue idee. Gli soffocheranno la voce. Cercherà di giustificare il suo atto. Lo manderanno alla ghigliottina. Ma il suo tronco mutilato parlerà eloquentemente delle iniquità sociali che lo resero pugnalatore e ghigliottinato.

E che perciò?... Nell'inferno sociale non ci saranno più anime disperate, che vedranno nella ghigliottina la fine della morte cronica, e nella galera il pane, che il lavoro di tanti anni non serve ad assicurare? Volete sopprimere l'anarchismo violento, ed essere conservatori serii?... Sopprimete le iniquietà sociali, che lo alimentano. Ma allora avrete fatta la rivoluzione.

(Dalla "Sera" di Milano, luglio 1894)

Conobbi Sante Caserio – mi ha detto l'avvocato Gori – durante un comizio alla Canobbiana di Milano.

Mi fu presentato da alcuni panettieri anarchici, praticando i quali egli – natura entusiasta – s'innamorò degli ideali del socialismo rivoluzionario.

Lavoratore instancabile, io lo vedevo spessissimo per le vie di Milano, colla sua gerla sulle spalle, e col suo sorriso eternamente sereno e mite.

Tutti i suoi risparmi li profondeva in giornali ed opuscoli, che acquistava e distribuiva gratuitamente agli operai.

Tutti quanti lo avvicinavano lo amavano, perchè era nel suo occhio azzurro uno strano fascino di dolcezza che denunziava uno spirito intimamente buono.

Furono dunque le idee dell'anarchia che sconvolsero il suo cervello?... Ecco il quesito psicologico, che gli uomini di buon senso dovrebbero opporre alla reazione, che domanda il linciaggio in massa degli anarchici.

Ma nell'ora tenebrosa che volge, il giudizio non può essere sereno; oggi è la passione, non la ragione che parla.

Se la cosidetta gente d'ordine conoscesse le infinite punzecchiature tormentose, con cui le polizie dilaniano l'organismo fisico e spirituale di questi vagheggiatori della equità sociale e della integrale libertà, – comprenderebbero il travolgimento di cotesti caratteri da una profonda mitezza originale ad una spietata irruenza.

Non sono le chiacchiere più o meno rivoluzionarie, nè gli opuscoli che costituiscono in cotesti cuori le spinte all'azione dinamitarda ed omicida.

Ho conosciuto tanti anarchici di un coraggio a tutta prova e d'una convinzione entusiastica, che non hanno mai neppure un istante concepito il pensiero di lanciare una bomba, o di dare un colpo di pugnale ad un loro simile, fosse pure un alto personaggio della società borghese. E ciò perchè la lotta per la vita era stata per essi meno aspra e difficile, o perchè la ripugnanza ad ogni atto di violenza fisica, fosse pur giustificato dalle persecuzioni della polizia, era nell'animo loro istintiva ed invincibile.

Ma quante anime in questa bieca lotta del pensiero insidiato e del pane contrastato, perdono la serenità primitiva e diventano cupe e tempestose!

Oh, la rivedo ancora la gentil figura di Caserio Sante, giovinetto e sognatore del bel mondo di pace e di giustizia promesso agli uomini dalle idee che mi onoro di professare, anche oggi che dichiararsi anarchici vuol dire affrontare persecuzioni e impopolarità – la rivedo cangiarsi coll'atteggiamento raffaelesco alla cupezza tragica dell'uomo che uccide.

Lo ricordo – una sera che era in mia compagnia al teatro della Commedia di Milano – e lo rivedo con gli occhi pieni di lacrime alle ultime scene della Maria Antonietta di Giacometti, quando i due sposi coronati muovono alla ghigliottina rivoluzionaria.

Chi lo rese implacabile e terribile? Chi scavò gli abissi dell'odio in quella creatura?

Quel giovinetto, che piangeva alla rappresentazione scenica dell'imminente supplizio di Luigi XVI, doveva uccidere il nipote di quel Carnot che votò la morte di Luigi, e salire come questo sulla ghigliottina della Francia repubblicana.

Il volgare senso comune, che non è il buon senso, aiutato dalla passione di rappresaglia politica, e rafforzato dalla ignoranza degli uomini e delle cose, se la cava facilmente addossando ai cosidetti sobillatori l'opera istigatrice, o quanto meno la responsabilità morale di questi tragici avvenimenti.

Ma per chi conosce profondamente il movimento anarchico europeo riesce ridicola la supposizione che il Caserio abbia agito per un mandato ricevuto o con complici.

Mi domandate come mai Sante Caserio da anarchico teorico e propagandista diventò violento.

Oh, ne ho seguite tante di queste evoluzioni e so che il processo è lento e doloroso, ma la causa è unica.

Finchè Caserio non fu molestato dalla polizia, era un operaio modello – un lavoratore alacre e instancabile. Propagandista fervente, adoratore appassionato del suo ideale di uguaglianza e di libertà, rimaneva però sempre il medesimo giovinetto mite ed affettuoso, quasi timido.

Cominciarono a perquisire la sua cameretta; gli misero su contro la famiglia, dipingendolo come un rivoltoso della peggior specie.

Mi ricordo di una mattina, che venne sbigottito al mio studio, dicendo che le guardie avevano parlato male di lui al padrone, e lo crucciava il pensiero di rimaner senza lavoro.

Adorava la madre e mi diceva che le sue idee non le avrebbe rinnegate a nessun patto; ma che lo tormentava il pensiero che sua madre dovesse piangere per lui, che si tentava d'imprigionare alla prima occasione.

Intanto le guardie, andando e venendo, tornando e ritornando per il negozio ove il Caserio lavorava, determinarono il suo licenziamento – malgrado il grande affetto che gli portava il padrone.

Tornò a Motta Visconti, ma l'autorità politica non cessando di molestarlo, egli, per non amareggiare la madre, abbandonò di nuovo la casa, per tornare a Milano. Trovò di nuovo lavoro, ma nuove persecuzioni glielo fecero perdere. Eppure era ancora il mite giovinetto, il ragionatore calmo ed appassionato, senza scatti e senza rancori.

Poi una sera che aveva distribuito dei manifestini in vicinanza d'una caserma, manifestini in cui si consigliavano i soldati di non sparare sulla folla in occasione del 1° maggio, fu arrestato e condannato a 11 mesi, poi ridotti a 8.

Lasciato in libertà provvisoria tra il giudizio del Tribunale e quello dell'Appello, avendo trovato lavoro in Svizzera, erasi colà recato, cosicchè quando avvenne la sua chiamata sotto le armi esso era impedito a venire dalla condanna che lo aveva colpito.

Così fu condannato anche per renitenza alla leva – ma sperava che il decreto di amnistia lo liberasse da questa ultima condanna.

Venne in Italia, e fu l'ultima volta, e nascostamente venne al mio studio per chiedermi se l'amnistia l'avrebbe potuto salvare almeno dalla condanna militare.

Ma era recidivo per l'altra condanna dei manifestini, e dell'amnistia non poteva usufruire.

Riprese la Via Crucis dell'esilio. Nè lo rividi più.

Seppi da terze persone che il disgraziato giovine era perseguitato anche in Francia in un modo implacabile.

E detto questo, noi, per cui è sacra la vita umana, siamo i primi a inchinarci pensosi innanzi a questa nuova esistenza spenta, anche se i piagnoni attuali non hanno pianto sui morti affamati della Sicilia o su quelli sepolti dalle miniere del Nord a centinaia in questi giorni. E fremeremo pure, (ma senza rimorsi) il giorno in cui anche la testa di questo cadrà sul patibolo.

Ed oggi che una fatalità sanguinosa domina sul mondo e rende selvaggi gli animi più buoni e miti – domandiamo alle anime oneste, che lascino alle generazioni future di giudicare cotesti fatti, cotesti uomini e le cause profonde che sui medesimi agirono.

Quelle sole potranno dare un equo giudizio.